文｜卡莉・艾倫 (Kari Allen)

出生於美國新罕布夏州，從事教育工作，也是兒童文學作家。
曾參與新罕布夏州的國家寫作計畫，並且舉辦教師的寫作培育工作坊。
長年在小學工作的經驗，使得艾倫對於幼兒語文發展有獨到的觀察。
作品《梅蒂與梅柏姊妹》曾榮獲《柯克斯書評》年度最佳童書、貝克教育學院最佳童書獎。

圖｜G・布萊恩・卡拉斯 (G. Brian Karas)

出生於美國康乃狄克州的米爾福德，畢業於派爾藝術學院。
曾經擔任賀卡插畫家，並於一九九一年開始爲繪本繪製插圖，從此創作了超過三十本書。
包括獲得紐約時報最佳插畫書《你會變好嗎？》、波士頓環球報號角圖書榮譽獎《河口之家》等。

譯｜海狗房東

故事作者、繪本譯者、「故事休息站」Podcast節目製作與主持人，
著有《繪本教養地圖》與繪本《小石頭的歌》、《媽媽是一朵雲》、《發光的樹》等書。

獻給馬雷克，我的地圖男孩。
也獻給克里斯、馬登和馬雷克（再一次），你們就是我的家。

小麥田
繪本館

愛畫地圖的男孩
The Boy Who Loved Maps

作者：卡麗・艾倫 Kari Allen／繪者：G・布萊恩・卡拉斯G. Brian Karas／譯者：海狗房東／封面與內頁設計：翁秋燕／責任編輯：汪郁潔／國際版權：吳玲緯、楊靜／行銷：闕志勳、吳宇軒、余一霞／業務：李再星、李振東、陳美燕／總編輯：巫維珍／編輯總監：劉麗眞／發行人：涂玉雲／出版：小麥田出版／10483台北市中山區民生東路二段141號5樓／電話：(02)2500-7696／傳眞：(02)2500-1967／發行：英屬蓋曼群島商家庭傳媒股份有限公司城邦分公司／10483台北市中山區民生東路二段141號5樓／網址：http://www.cite.com.tw／客服專線：(02)2500-7718｜2500-7719／24小時傳眞專線：(02)2500-1990｜2500-1991／服務時間：週一至週五09:30-12:00｜13:30-17:00／劃撥帳號：19863813／戶名：書虫股份有限公司／讀者服務信箱：service@readingclub.com.tw／香港發行所：城邦(香港)出版集團有限公司／香港九龍九龍城土瓜灣道86號順聯工業大廈6樓A室／電話：852-2508 6231／傳眞：852-2578 9337／E-MAIL：hkcite@biznetvigator.com／馬新發行所：城邦(馬新)出版集團 Cite (M) Sdn Bhd.／41, Jalan Radin Anum, Bandar Baru Sri Petaling, 57000 Kuala Lumpur, Malaysia.／電話：+603 9056 3833／傳眞：+603 9057 6622／讀者服務信箱：services@cite.my／麥田部落格：http:// ryefield.pixnet.net／印刷：漾格科技股份有限公司／初版：2024年2月／售價：380元／ISBN：978-626-7281-47-5／版權所有・翻印必究／本書若有缺頁、破損、裝訂錯誤，請寄回更換。

國家圖書館出版品預行編目 (CIP) 資料

愛畫地圖的男孩/卡麗・艾倫(Kari Allen)作；G・布萊恩・卡拉斯(G. Brian Karas)繪；海狗房東譯. -- 初版.
-- 臺北市：小麥田出版：英屬蓋曼群島商家庭傳媒股份有限公司城邦分公司發行, 2024.2
面；公分. -- (小麥田繪本館)
譯自：The boy who loved maps.
ISBN 978-626-7281-47-5(精裝)

874.599   112018410

地圖➚
基地

愛畫地圖的男孩

卡莉‧艾倫 Kari Allen 文

G‧布萊恩‧卡拉斯 G. Brian Karas 圖

海狗房東 譯

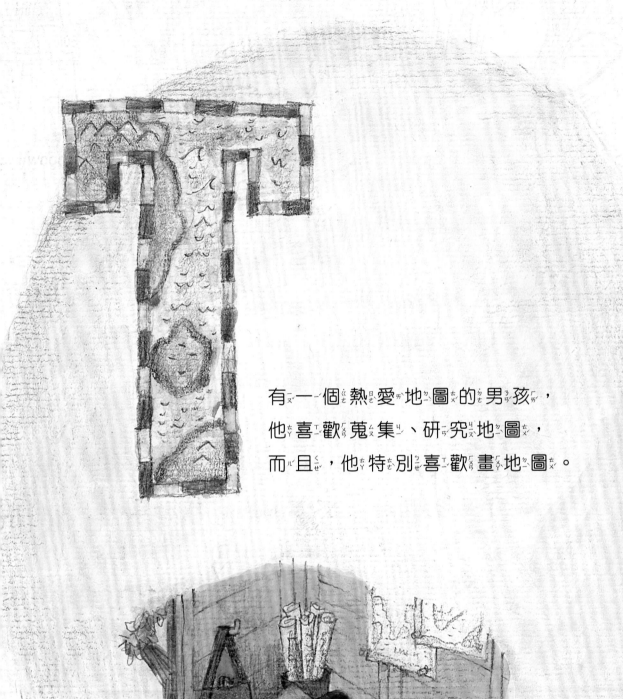

有一個熱愛地圖的男孩，
他喜歡蒐集、研究地圖，
而且，他特別喜歡畫地圖。

有些地圖很小，剛好可以放進口袋。

有些地圖很大，可以蓋住一整面牆。

他用橫線與直線
交錯的網格，畫
出城市，

用蜿蜒的線條，
畫出國家的邊界，

再畫出上頭有許多
城市和國家的大陸。

他畫過夢想要去的遠方，
以及書本中讀到的地方。
大家都叫他

地圖男孩

有_{ㄧㄡˇ}一_{ㄧˋ}天_{ㄊㄧㄢ}，

一_{ㄧˋ}名_{ㄇㄧㄥˊ}女_{ㄋㄩˇ}孩_{ㄏㄞˊ}爬_{ㄆㄚˊ}到_{ㄉㄠˋ}地_{ㄉㄧˋ}圖_{ㄊㄨˊ}男_{ㄋㄢˊ}孩_{ㄏㄞˊ}的_{ㄉㄜ˙}樹_{ㄕㄨˋ}屋_ㄨ上_{ㄕㄤˋ}找_{ㄓㄠˇ}他_{ㄊㄚ}。

「你可以幫我畫一張地圖嗎？」她問。
「當然，」他回答：「妳想要什麼樣的地圖？」

女孩想了一會兒，微笑著說：
「我希望地圖上畫著一個完美的地方，
那裡很溫暖，感覺就像腳趾鑽進沙子
裡、浴巾包裹著身體。」

地圖男孩看了一下地球儀，
然後畫下一張地圖，

新地圖計畫

- 溫暖
- 有沙子

圖例

沙

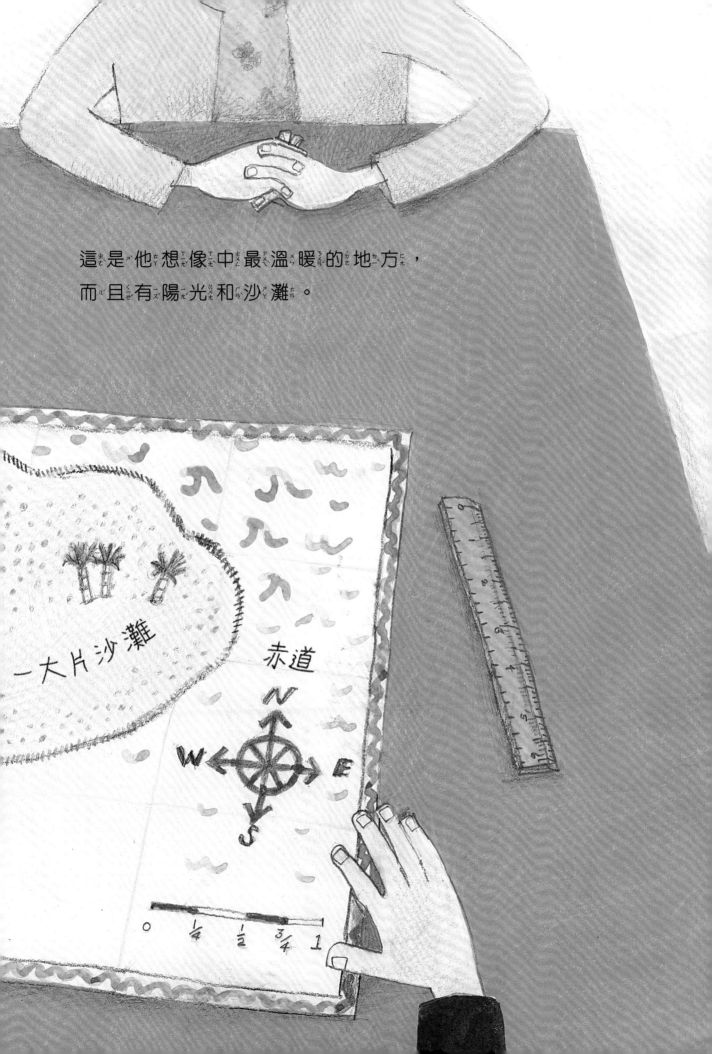

這是他想像中最溫暖的地方，
而且有陽光和沙灘。

一大片沙灘

赤道

N

W E

S

0 ¼ ½ ¾ 1

女孩仔細看過地圖，搖了搖頭。

「還不錯，」她說：「但不是我想要的。地圖上應該還要有打叉的記號，標示出珍貴寶物的藏寶地點──有的藏了一點點寶物，有的是大驚喜，有的超級隱密。」

「除了有溫暖腳趾的沙子，還要埋寶藏的地點嗎？」
地圖男孩有一點困惑。

男孩看著牆上的地圖，
手指跟著上面的道路蛇行。

地球儀旁邊的地圖上有許多城堡。

「城堡裡有寶藏，也有可以藏寶的地方。」
地圖男孩告訴女孩，但她想要的是一張
標記著城堡的地圖嗎？

「聽起來很有趣……」女孩說：
「不過，不是我想要的地圖。」

男孩沒有那麼容易就放棄，
他又問了更多問題，女孩也一口氣回答：
「在那個地方，我可以像蜻蜓一樣，
一下向前、一下向後快飛，而且那裡的味道……
聞起來就像我的生日、第一天上學、
星期二的綜合口味。在那裡，
就算我不在戶外，陽光也會找到我。」

現在，地圖男孩很迷惘，他完全想不出有任何地方符合女孩說的所有條件。他知道自己必須出發，去遠方尋找這個從來沒有人畫過的地方。

星期二之海

新蠟筆、橡皮擦、圖畫紙小島

生日小鎮

陽光永遠閃耀的大地

「再跟我說一次要找什麼。」地圖男孩開口的時候，牽起新朋友的手。

「一個陽光找得到我們的地方。」女孩帶他走向圖書館，小聲的說。

他們一起在亮晃晃的晨光中閱讀。

女孩說：「不過，還要找到生日的味道。」她闔上書，又帶著男孩走出門……

他們走向麵包店。

男孩還來不及提出下一個問題，女孩已經大口吞下美味的點心，再次出發。

「還要找到可以讓我一下向前、一下向後快飛的地方！」她一說完，就和男孩賽跑到公園。

他們一起跳過一顆顆石頭，坐在盪鞦韆上飛。

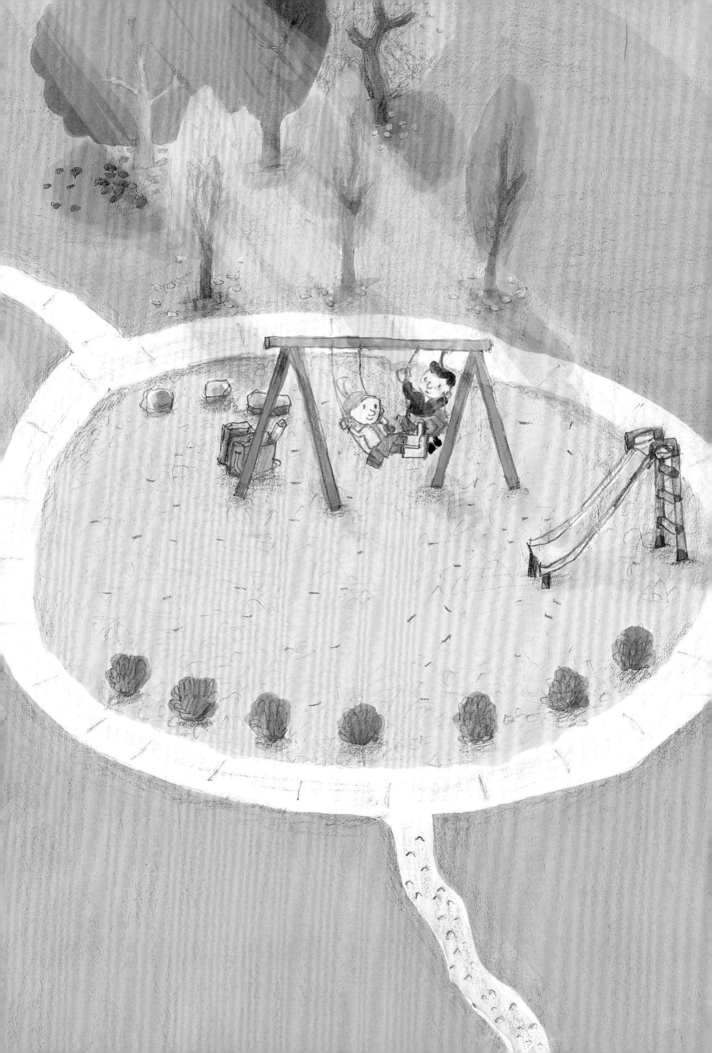

地圖男孩還是搞不清楚。

他心想，或許該放棄了。這時，他
跟女孩順著小路走向一間小屋。

女孩打開大門，

將圖書館的書
塞進籃子裡，

將公園裡找到的
石頭，放在窗台
上的收藏區。

屋子裡的爐火閃耀，十分
溫暖。地圖男孩停下腳步、
看著四周，再望向窗外……

「我知道了！」他大喊。

地圖男孩蒐集了世界上每一個國家的地圖，有的地圖畫出了他從未見過的地方。

他畫過沙漠和叢林、海洋和山脈，但從來沒有畫過一張「家的地圖」。

地圖男孩拿出工具和材料……

動手畫了起來。

「終於！」女孩說。她坐了下來，坐在她的朋友身邊。

然後，他們一起畫，完成了一張兩個人都渴望擁有的地圖。

作者的話

我愛地圖，會這麼喜歡，都是受到兒子的影響。他會花上好幾個小時繪製地圖，沉迷在所有的細節和標記之中，在筆記本上畫滿精細的圖。他還會將好幾張紙拼貼起來，製作出大幅的世界地圖。有一次，我叫他「地圖男孩」，這本書的靈感就這樣誕生了。

你也想成為地圖男孩或地圖女孩嗎？

地圖用語

- **製圖師**：繪製地圖的人。
- **製圖學**：繪製地圖的技藝。
- **羅盤面**：有四個尖端的圓形圖示，
  標示出東（E）、西（W）、南（S）、北（N）。
- **圖例**：地圖上的符號說明。
- **政治地圖**：呈現國家和城市，並畫出邊界的地圖。
- **地形圖**：呈現地球自然特徵的地圖，例如山脈、河流和湖泊。

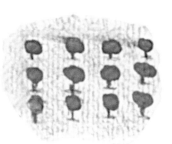

什麼是地圖？

地圖是某個地方的圖畫或圖表，可以呈現空間的樣貌，以及內部和周圍的一切，還有彼此之間的關係。不管什麼地方——或大或小或不大不小，幾乎都可以繪製成地圖。地圖有很多種，像是火車和地鐵路線圖、登山路線圖，甚至是星圖！你可以和這本書中的主角一樣，繪製住家附近的地圖，也可以畫出你所在的街道、小鎮或城市。或許你有自己最愛的祕密基地，那就是畫地圖的完美題材。

地圖一直在進化，如果你看過老地圖，就會發現與現代的地圖非常不同。原因有很多，可能是這個地方本身變得不一樣，或者科技進步了，幫助我們把一個地方看得更加仔細；也有可能是印刷的方法改善了，或是繪製地圖的人也改變了。就像所有的創作者，地圖設計師的作品也會被自身的文化、經驗、觀點和偏見影響。舉例來說，一位十五世紀的義大利製圖師，製作出來的地圖一定與你非常不同。

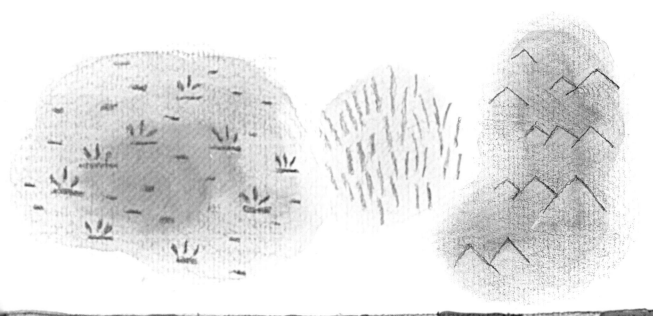

如何繪製你家附近的地圖

- 準備好工具和材料：鉛筆、尺、麥克筆或任何著色筆，還有紙。

- 想一想你家附近的景物，是比較高呢—— 也許有很多大樓？或是比較寬闊呢—— 也許有大片的空地？轉一轉你的紙，垂直或水平，做出最適合的決定。

- 拿起鉛筆，開始畫。你家有什麼特別的地方嗎？旁邊有樹或是花嗎？有車道、車庫或是停車位嗎？將這些細節都加進地圖裡。

- 接著向外發展。你家旁邊有什麼？再旁邊還有什麼？都加進地圖裡吧。

- 注意尺寸。與附近的景物比較起來，你家有多大？在地圖上呈現出大小的差異。

- 有沒有任何街道或小路與你畫的地方相連呢？用尺幫忙畫出直線。

- 你家附近有什麼地標嗎？可能是某些地點，像是學校、商店、公園、特殊的建築物，甚至是雕像。也可能是自然的地標，像是湖泊、池塘或山。這些都可以加進地圖裡。

- 在街道和建築物旁加上名字或標示。建築物上有地址（號碼）嗎？

- 有些地圖會有「羅盤面」指出東、西、南、北的方位，你可以畫在地圖上，幫助看地圖的人判斷方向。

- 你的地圖裡有很多類似的景物嗎？如果你家附近有好幾所學校的話，你可以創造某個符號來代表學校，並在所有的學校上，都畫上這個符號。

- 在地圖的角落加上「圖例」，說明你畫的符號各自代表什麼。

- 地圖就是為了要分享和使用。與你的朋友一起帶著地圖出門探險吧！

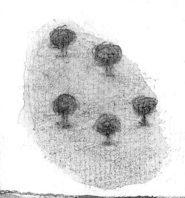

地圖延伸活動

- 看看不同的地圖——地球儀、地圖集、道路地圖、數位地圖，你發現了什麼？有什麼類似或不同的地方呢？將你的發現寫成一張清單。

- 找一些古老的地圖來，你發現了什麼？與現代的地圖比較一下，有什麼不同？為什麼會有這些不同？

- 拿出一張地圖，說說看要怎麼從某一個地方抵達另一個地方。是不是不只有一種路線呢？如果要告訴別人怎麼走，為了讓他們順利找到路，有哪些重要的細節必須說明？

- 為你喜愛的書畫一張書中場景的地圖。你能將故事裡的細節都放進去嗎？

- 為某一個事件或記憶畫一張地圖。第一個浮現的事物是什麼呢？請畫出來。接下來又發生什麼事？一步步繪製出你的記憶地圖。

- 研究一個你想多認識，或總有一天想去旅行的地方，運用你學到的新知，畫一張地圖。

- 對地圖來說，正確和細節為什麼很重要，請討論原因。

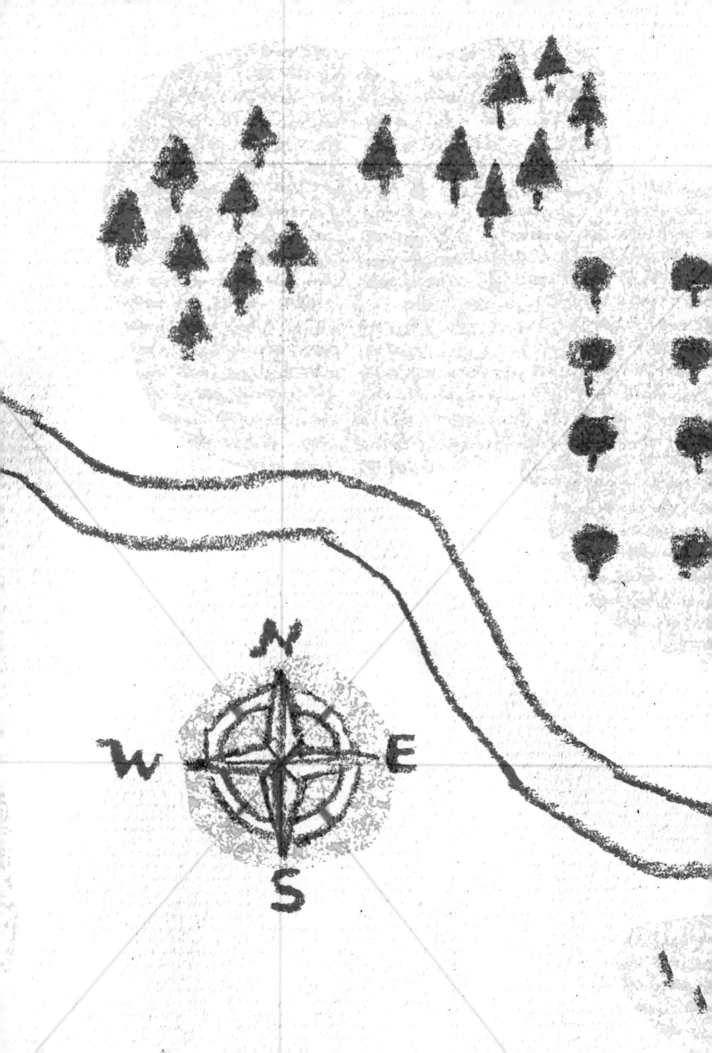